저녁이라는 말들

황금알 시인선 293

저녁이라는 말들

초판발행일 | 2024년 6월 27일

지은이 | 김윤수
펴낸곳 | 도서출판 황금알
펴낸이 | 金永馥
주간 | 김영탁
편집실장 | 조경숙
표지디자인 | 칼라박스
주소 | 03088 서울시 종로구 이화장2길 29-3, 104호(동숭동)
전화 | 02)2275-9171
팩스 | 02)2275-9172
이메일 | tibet21@hanmail.net
홈페이지 | http://goldegg21.com
출판등록 | 2003년 03월 26일(제300-2003-230호)

저녁이라는 말들

김육수 시집

황금알

마음에 남아있는 허전함과 그리움을

글로 남기고 싶었습니다.

한 글자 한 글자

한 편의 시로 엮어 완성되면

아침에 핀 나팔꽃처럼

얼굴에 감사의 웃음꽃 피어납니다.

시를 읽는 분들의 얼굴에

웃음 빛이 복사꽃처럼 피어나기를 기원합니다.

2024. 4.

야심한 시간 서재에서

차 례

2부

3부

4부

5부

1부

나를 찾아서

왕산골행 941번 첫차가 오면,
옷 위에 올라앉은 어둠과 오른다
차창에 새겨진 무표정한 얼굴
낯설어 보이지만 어젯밤 죽었던 내 얼굴

고개 숙인 논길을 지나
조팝나무 안내 따라
한적한 왕산골에 배송되는,
밤새 강한 척하다 죽었던 나는
어둠 뚫고
먼저 온 햇살을 포용한다

대나무 샛길로 가다가
숲사이로 잠기는 늪
그 늪에 빠져 지난날 죽었던 내가
수많은 나를 바라본다

햇살을 포용하며 묻혀 있다가
어둠의 단추를 풀고 다시,
다가올 나를 찾아가는 시간들

새벽길

제각각 사연을 안은
첫차가 오기 전
밤이슬에 입술 촉촉이 적신 거리
안개가 몸을 맡긴다

밤새 설친 잠 털고
하루의 틀 벗기는
풀무질이 시작된다

떠나는 어둠의 소리
가로등은 등을 돌리고
등짐에 눌린 두부 장수의 목소리
짙은 바람이 흩뿌리고 간다

시끄러운 시간 아직 둥지 틀기 전
새벽별은 긴 뜨락 지나고 있다

상처의 길

곧게 뻗은 길이 있다
오늘따라 가고 싶지 않다
간밤 폭풍우로 널브러진 길
구겨진 팔을 부축하고 있는 가로수

아우성에 찌든 그림자를 밟고
소리 없이 가야 한다면
뒤집어쓴 상처를 추스르며
가로막아 허리 꺾인 것들을 보듬어
언제나 길이 있었던 것처럼
새로운 길을 내야 한다

그 길 깊숙한 이야기를 읽으며
간밤에 잃은 이웃을 달래는 주름에
되살아난 온기가 가슴 깊이 잠긴다

행복

　너를 잡기 위해 얼마나 많은 시간을 보내는가 별이 눈을 감는 시간 우리는 눈을 뜨고 걷는다 새벽 공기가 몸에 감기고 첫차가 잠들어 있는 시간, 버스 정류장을 밝히는 불빛이 입구를 지키고 있다 먼동이 어둠에서 풀려나면 하루의 품삯을 위해 모이는 사람들, 어깨에 안개가 내려앉는다 신발 끈을 질끈 묶는다 가슴 조여 오는 하루를 견디며 언제 끝날지 모르는 가난이 지나면 장맛비처럼 쏟아질 행복 한 움큼, 바닥을 다진다

오일장

바다에서 건져 올린
짭조름한 아버지의 삶
바람에 물기 날리고
장터로 간다

농촌 어촌 산촌이
이정표도 달지 않은 채
한 자리씩 차지하고

장터는
낮술에 취한 듯 어지럽다

늘어진 보따리 사이로
아버지의 바람 밀어 넣는다

삶과 삶이 비틀거리는
장터에 쏟아지는 억척스러움
술꾼 부르는 뽕짝 선율 타고
안개처럼 들락거릴 때

지는 노을에 아버지
창백해진다

동태

오장육부 버린 몸
지은 죄 없는데
얼음에 꽁꽁 묶여
정든 고향 잃고
진부령 골짜기로 호송된다

영하 20도
곡예사처럼 공중에 매달려
밤낮으로 울부짖는 소리에
메마른 심장이
칼바람에 무너져 내린다

줄을 놓친 곡예사
아픔을 새기는 것처럼
살아온 날들

새로운 몸에 기대어
황태라 이름 바꾼다

중앙시장

토요일 아침 열 시
시장통은 묶은 하루의 꾸러미를 풀고

좌판은 해맑은 햇살이 거든다

시간이 지날수록
통로를 떠도는 언어들
인파 사이로 떠밀리다
씨앗호떡 집
뜨거운 불판 위로
생을 태워 보시하는 말들

허기진 소리를 찾아가는
국밥집 아주머니 생기가 핀다
큰 야채도매점 빚을 지고
서울서 온 반찬집 아주머니처럼
시장은 어느새 새콤달콤 날갯짓한다

햇살 비치다

생필품이 가득한 화물차에
웅크린 어깨를 바라보며
햇살이 걸어와 품는다

길을 따라갈수록
흥이 돋는 화물차
길의 영접을 받고
벚꽃 잎이 몸을 비빈다

가로수 뒤로 할수록
흔들리는 중심을 잡고
희망의 작은 등불 피운다

서럽던 시간 물리치고
원점을 향해 달려가는
빛줄기 사이로 돋는 아지랑이
새롭게 시간 풀어 놓는다

찬란한 빛이 어둠을 걷어내고

사라져 가던 모습을 건져
곶감처럼 곱게 엮는다

귀가

물감을 풀어 놓듯
노을이 든다
손짓하는 대폿집
눈에서 비켜간다
화려하게 차려입은 골목에
하루의 일과를 마친 일개미
품삯으로 잇고
살아가는 날들
머리에 이고 하나둘, 하나둘
발걸음 흥얼거린다
생각하면 따뜻해지는 식솔
가로등이 불을 켠다
담장이 안내하는 길 따라
가쁜 숨 고르고
아침의 집으로 향한다
미소가 입가에 자리 잡는다

걸어온 길

뚜벅뚜벅 한 걸음 걸을 때마다
어둠을 가르는 새소리
밤안개 밟고 넘어오는 낯익은
발걸음 소리

어둠이 빠진 거리엔
한숨 소리와 새소리
땀 구슬에 맺혀
바람을 타고 가네

여운을 안고
사뿐히 다가오는 여명
종달새노래 풀잎에 맺히네

나팔꽃

새벽이 내준 이슬
온몸으로 받아
아침 햇살에 얼굴을 내미는 꽃

밤새 움츠리던 모습 지우며
지나가는 바람 세우고
심장의 박동 수를 올린다

정결한 모습 비치는 그림자에
경계를 접고 내려앉은 나비 떼
온기를 보내며 응원한다

그윽한 미소가 돋아나는 꽃
나래를 펴고 새로운 길 엮어낸다

도시의 일상

가쁜 숨을 뱉는 절규
이정표를 무시하고 치달리는 생활
쉼 없이 가는 길에 해가 머물고
매몰되어 가는 발걸음 소리 안타깝다

미소 짓는 말이 사라지고
쓸데없는 목소리 수북하게 쌓인
되돌아올 수 없는 거리에
스산한 바람이 쓸고 간다

헤아릴 수 없이 가는 길에
들국화 같은 웃음이 싹트기를,
빛과 어둠 사이에서 속살을 드러내는
흰 구름이 뭉실뭉실 도시를 감싼다

아침 숲속 길

더는 어둠은 없다
웃으며 길을 밝히는 숲속
들꽃 어깨에 걸친 이슬의 맑은 눈
달콤한 향기가 아침을 잠식한다

어깨를 펴는 소나무 사이로
자신을 알리려 입을 놀리는 새들
허공으로 흩어지는 바람이
시간에 입을 맞춘다

그윽한 구름의 미소가
걸어가는 나의 얼굴로 묻어와
행복이 스며든다

아침 숲속 길에
나의 발자국이 묻어난다

2부

동해, 골목길

어둠은
하나둘
자세 낮춰 발걸음을 옮기고
오징어 먹물 퍼지듯
골목길 물들인다

드디어 먹물 바닷물로 출렁이는 골목길
업무를 개시하는 가로등
국기 하강식 때처럼 부동자세로
눈에 불을 밝힌다
파도에 쓸려 가기 전에
귀가를 서두르는 개미들

뒤따르는 한 사내
술집 두고 온
걱정과 후회에 잠겨
가로등 포옹하고
몸을 떤다

격렬하게 파도치는 바닷물을
수평선 너머로 보낸 골목길은
조용히 한 사내를 품는다

콩나물국밥집

유리창이 햇볕을 쬐는 정오
여인네 입술의 빨간 립스틱처럼
출입문 가슴에 단 4500원,
문틈은 흐르는 소식 안고
둥지를 틀고 있는 독촉장
가슴 쓸며 주인을 기다린다
홀에는 주인이 챙기지 못한
양은솥과 국자 수저가
구겨진 채 신음을 한다
가끔씩 드나드는 바람
무거운 공기를 거두지만
꺾인 꽃처럼 다시 피울 수 없다
그래도 한때는 뜨거웠을 시절
흐르는 구름에 실려 간다

저무는 하루

골목 초입의 가로등
움츠린 몸 서서히
어둠 속에서 기지개를 켠다

바꾸며 걸어가는 시간
담장 따라 골목을 빠져나와
네온사인을 품는다

하늘에서 오는 흰 꽃 손님에
한발 한발 빛을 더하는
네온사인의 발자국 물들어간다

채워지지 않는 시간을
채찍질하는 사람들
시간은 물들지 않는다

언덕을 오르다

공해에 찌든 몸 무거워
비스듬히 하늘을 향해
누워있는 길,
손수레를 정지시킬 수 없다

수레바퀴와
팔순이 넘은 노부부의 등 바퀴가
헐겁게 굴러간다
가슴과 맞닿은 등이 굽어
가냘픈 몸이 저녁 해를 민다

손수레에 박스 다섯 장
찬바람이 한 가마니
때 묻은 소매로 지친 땀을 훔친다
근근이 끌고 온
구멍 난 세월에 주름진 부부애
서로의 마음을 끈다

부둣가 선술집

어둠이 만선인 부둣가 뒤편에
닻을 내린 왕대포 선술집

발목 잡은 태풍에
술잔을 기울이는
늙은 어부의 그늘이
바다의 옷 입는다

답답한 심정 곱씹고
혓바닥으로 뱉지 못했던 말
허기진 술잔에 모여든다

술상에 내려앉은 어장
바다가 마중 나오지만
가쁜 숨 몰아쉰다
구슬픈 유행가 자락
늙은 어부의 어깨를 다독인다

막차

강기슭 헤매던 저녁놀
숨 고르며 어둠으로 잠기고
떠도는 바람 정류장에 앉아
기다리는 노파 쳐다본다

기다리다 지쳐 휘어진 어깨
시간이 지날수록 몸살이 파고들고
흐르는 시간 마음 버거워
공중으로 한숨 날아간다

어둠에 어둠이 쌓여가고
소리 없이 시간은 미끄러지는데
어제 온 버스는
아직 올 생각이 없다

떠나는 길

처자식 입 풀칠 위해
바다에 몸 바쳐 온
오십 년생 종점으로 간다

떠나는 운구차
어머니와 네 자식
얼어붙은 신음 위로
흰 눈이 속살을 드러내며
새 소복 갈아입힌다

눈물 젖은 걸음걸음
어서 가자 재촉한다

겨울바람 만장으로 흔들리며
길을 인도한다

강가에서

저녁 끝자락
강가에 서 있다
바다에서 올라온 해무가
주변을 맴돈다

강에는 핏발선 눈빛이
서산으로 그림자 드리운다
빈 곳을 어둠이 채운다
하루를 내주어야 하는
심정에도 어둠이 갇힌다

이정표 하나 없는 길에
강가를 따라가며
공복을 메우는 어둠
쑥스러운 날갯짓을 한다
시간의 흔적을 실어 보낸다

안개

나무꾼과 만나기 위해
내려온 선녀
인연의 끈 놓은 지 오래
감춘 속 눈물

옷깃 속의 실루엣
서서히 비치는 모습
맥없이 바라본다

희미하게 멀어지는 그대
그리운 손짓하지만
나래 펼친 그림자뿐

그대 이름은 안개

지난날

미숙아 같은 유통사업
통장 잔고 바닥 드러내고
마음 바람길 따라 숨죽였다

어둠이 잠긴 골목 지날 때
그림자마저 숨소리 움찔했다

껍질 속에 갇혀 온 생활
저항하다 몸은 부서지고
핏발선 눈빛 하늘을 향했다

시간을 잊고 세월 끌어안고
힘든 고갯길 오르며
곡간을 채운
지난날은 밀알이었다

채무자

지구를 돌아온 세월
사업 실패로 남은 것 없이
끝 모르고 간다

무심코 지나가는 바람
문고리 살살 흔들어도
천둥 번개에도 놀라지 않던 심장이
쿵덕 쿵덕 하늘로 솟는다
주름진 가슴
짓누르는 돌덩어리
어깨에 된서리 되어 내려앉고

화려한 모습 강물 되어 떠나버리고
지금 밟고 있는 순간
기약이라는 속삭임에 실려 나간다

날아간 마음
희망의 끈 잡기 위해
거친 숨소리 걸어간다

겨울바람이 지나간다

시간의 길목

저녁으로 향하는 시간의 길목에서
풀잎처럼 흔들리는 마음 추슬러
대폿집 비어있는 자리 앉는다

천장에 아슬아슬하게 매달린 전등처럼
안간힘을 쓰는 통증이
찌그러진 막걸릿잔에 모여든다

한 잔에 한 잔 더해지는 그늘
흐려지는 시야에 희미해져 간다
가슴에 묻힌 토막 난 무능
뇌리를 타고 가슴에 묻힌다

3부

포장마차

길모퉁이 한쪽에 쭈그러져
세월의 흔적이 매콤 세콤
씨간장 같은 포장마차
하얀 머리 자락이 날리는데
마음은 이십 대 청춘이다

솔바람에도 인사하는
문 느릿하게 잡고 들어선다
구석에 장작의 살 태워
남은 사리 서너 알 위에
메추리가 젖은 몸을 말린다

손님 마주한 메추리
술꾼과 입담 나눈다

막걸리 같은 텁텁한 이야기
외투를 입는다
거리는 장님 된 지 오래
눈발이 신발을 감싼다

지금은

마음의 신호등은 녹색
화살표가 발길을 인도했다

전 재산 강물에 실려 보내고
쓸데없이 나이만 먹은
거머리 같은 세월의 그림자
묵묵한 발자국 침묵 뒤따른다
시간의 흐름을 타고 넘고 나타난
또 다른 건널목, 빨간 불
시간이 포승줄에 묶인다

기차 지나가며
가로막은 종 흔든다
천근처럼 무거운 마음 해제시킨다
과거와 현재가 섞인 기억이
지워지지 않는 그림자 되어
기차로 오고 간다

지금은 황색불이다

인력시장

눈꺼풀이 무거운 어둠의 빛이
새벽의 문을 두드린다

갈 곳이 어디인지 모르는
총성 없는 전쟁터에 입성한다
공중으로 헤집는 아우성에
어깨 움츠리고 숨소리 거칠다

지휘부의 전술에 따라 배치된다
하나둘 시야에서 사라지는 사이
애가 타는 입술이 하얗다
칼날같이 선 핏발 머리끝으로 뻗는다

파장의 시간이 파고들면
바닥으로 몸은 가라앉는다
장바닥을 달구던 모닥불도
마지막 몸을 태운다
한 아름 햇살이 어루만진다

우리 건어물 공장에는

아침 8시
입 다문 출입문에
햇살이 도착하자
떨리는 손으로 맞이한다
기대한 마음 팩스는 잠잠하다
불황의 바람이 불면 무거운 낯빛이 되는 이곳
경기 그래프가 오를 때까지 기다림의 연속이다
지친 몸 햇살이 찾아와 위로한다
새로운 시간이 누울 자리를 잡는다

시작

이파리 수줍게 연
플라타너스 가슴
햇볕이 스며든다

뜨거움에 무너진
잠긴 시간을 푼다
가슴앓이 앓았던
아픔이 스며든 영혼

목까지 차오르는 가쁜 숨
무겁게 지탱하는 눈꺼풀
깊이를 모르는
먹물 같은 어둠 피해
불을 밝힌다

시작의 물 한 모금 꿈꾼다

부둣가

삼십 년 바다를
방랑객처럼 떠돈
등이 해진 배
어깨에 그늘 짊어지고
정박한 밧줄이 대신 우네

훈장처럼 단 생선 비늘
태풍에 잃은 지 오래
상처만 남은 모습
돛대는 아프다네

뱃고동이 사라진 부두
닻을 내릴 수 없는
갈매기만 뱃길을 채우네

쉼표를 찍고 있는 부둣가
바다가 펼쳐놓은 무대에서
만선의 깃발이 펄럭이길 바라네

서울행

배고픔이 싫어 식구들이 잠든 새벽
막다른 골목에서 탈출하는 것처럼
서둘러 첫차를 타고 떠난다

심장의 소리를 낮춘다
손에 든 가방은 천근만근
도착한 곳은 마장동 버스터미널
전봇대의 구인광고가 반긴다

   사람 구함
  작업보조 하실 분
  월 000000원
  기숙사 및 숙식 제공
  초보자우대
  연락처 02-0000-0000

귀인이라도 만난 듯 눈이 번쩍 뜨인다

변두리 2층 다락방

가위질당한 햇살은 반만 있고
미래는 박음질 되어있다
재봉틀 소리에 몸이 박인다

어둠은 쌓이고
아픈 부위는 늘어나고
참을 수 없어 다른 골목길 찾아간다

방랑자

바람이 흔들린다
종점이 없는 길 떠나다
은행나무에 눈길 주고
그늘진 평상에 걸터앉는다

쉬는가 싶더니
급히 빠져나간다

새들이 날아간 세상에
떠도는 구름과 나란히
이정표 없는 길을 간다
길들지 않은 바람
벗어났다 돌아오지만
이내 또 벗어난다
방랑길 떠날 날이
얼마 남지 않은
한 무리의 바람
배웅을 받으며 노을로 걸어간다

두 나무

의좋은 나무 형제 나란히
오순도순 저녁노을 맞이한다

고단한 하루 보낸 해
나그네 되어 떠나고
빈자리 땅거미가 진을 친다

벽시계 어둠을 지고 가는 밤
폭풍우 정동진으로 몰려와
눈을 뜰 수 없다

허리 반쯤 내주는 나무 형제
서로 다독이며 버틴다

돌고 도는 길

수은주가 발목을 움츠린 날
어둠을 맞이한 거리는
얼음 밟는 소리가 아우성이다

얼음길을 서성이다 흩어지는
아득한 찹쌀떡 메밀묵 소리
잠자리 들던 굴뚝도 고개를 든다

불 켜진 창문 너머
개 짖는 소리
밤하늘에 둥둥 떠가면

골목을 돌고 도는 발걸음 소리
불 꺼진 창문은 애써 눈을 감고
어깨에 매달린 떡판은 돌덩어리
시간이 지날수록
눈발에 길이 갇힌다

나만의 기억방식

자신감보다 초조함에 젖어
살아온 시간

좋든 싫든 감정이 돋아날 때
실패한 시간이 흘러내린다

기억 속에 돋아나는 그늘
또 다른 기억과 부딪친다

나를 찾기 위해
기억의 실타래를 풀어 헤집고
나만의 기억방식을 만든다

어두운 골목을 지나 해맑은 기억이
지난 시간을 정리한다

아픈 기억이
한 움큼씩 바람처럼 사라진다

거미 氏

순이네
서울로 떠난 빈집 문설주
유명한 건축가 거미 氏가
조심조심 발을 뻗으며
한 땀 한 땀 수놓는다
유명한 건축가가 설계한
철옹성 같은 집
바람이 허락 없이 들락거리고
햇살이 구경 왔다 졸다 가더라도
집배원 나비 氏가
드문드문 자주자주 소식 날라다 준다
장마가 들이쳐도 끄떡없이
시간의 건축물
짓고 사는 거미 氏

간이포차

퇴근길이다
두건을 둘러쓴 손수레 간이포차
지친 몸으로 버틴다

어둠 사이로 내뱉는 가스 등불이
안주 앞에서 힐끔거린다
냉장고 조명을 받는 먹장어
기다림에 생기를 잃어간다

눈 밖에서 떠도는
별들이 배달되는 시간
꺾이는 날개에 하루가
이정표 없는 길을 간다

쉰 기침을 하는 주인장
거친 숨소리가
삐꺽거리는 마음을 잠재운다

비상구

내게서 떠나는
새벽이 길모퉁이에 있네

새벽을 깨우는 직진형 발자국에
얼마쯤 새벽안개가 고였지만,
가로등은 떠나기 위해
거리에 묻어 있는 흔적을 지우네

새벽의 잔부스러기는
자동차에 은은히 흩어지고,
아침이 녹색 신호등에 걸리면,
흩어져 있던 일손들이
건널목을 오가며 모이네

밝아오는 거리에 모인 발자국들이
노동의 문을 열고 그 흔적 사이로
통로를 타고 비상하네

4부

길을 묻는다

숨 가쁜 낙엽이
길 위에 누워
지나가는 바람에게 묻는다

갈 길이 어디인지

운무가 자욱한 거리는
어둠을 몰고 올 겨울날의 발걸음,

발걸음을 옮겨야 하는데
싸늘한 밤공기에 몸을 내주고
먼 하늘 별들의 눈이 북극성을 홀린다

떡장수 할매

까칠한 햇볕이
아스팔트 화를 돋우는
여름 점심 무렵
중앙시장 끝자락 모퉁이에
보물단지와 나란히 쪼그려 앉은 할매
80년 세월이 시루떡같이
얼굴에 내려 앉아있다
키다리 사람들에 눈이 따라간다
가끔씩 보물 상할까 봐
바람이 안아준다
애지중지 귀한 녀석
이마를 어루만지는
할매의 부드러운 손끝
손님 눈길 붙든 녀석
고운 옷 입혀 보낸다

여로 다방

누런 시트 커버가 지나온 세월을 품고 있다
한복판에 조명을 받고 유유히 낭만을 즐기는 금붕어
두 마리,
손님 한번 쳐다보고 물 들이켠다

다방 생활 20여 년 만에 마담이 되었다는 김 마담의
입술은
빨간 장미꽃 눈가로 흘리는 웃음에 구멍가게 이 사장
의 쌍화차에
노란 꽃으로 둥둥 떠다닌다

밖에는 겨울을 재촉하며 삭신을 쑤시는 비,
막걸리가 생각난다는 김 마담이 유행가 한 자락 뽑
는다
'울려고 내가 왔느냐'
노랫가락 빗속을 걸어간다

나약한 힘

태풍이 몰고 온 바람이 분다
천리만리 바다를 건너온 큰바람에
신호등은 누워서 눈만 깜박이고
가로수는 꺾이지 않으려고 허공을 잡는다

앞뜰에 모인 태풍에
꽃잎은 몸 둘 곳을 모르고
숲속의 풀잎은 균형을 잃지 않으려고
몸부림치다 남은 건 구겨진 몸

생을 마감한 것들
풀잎보다 못한 힘을 가지고
계걸스럽게 지나온 시간이
빈 가슴으로 떠난다

경계

빨랫줄 이불이 바람 쫓다
힘에 겨워 멈춘다
한편에 꼬마 녀석들이 물장난한 고무대야
햇볕이 넘치고 미소를 띤다

대청마루 밑 고양이
들어오는 바람 안고 침묵을 청한다
나무가 소리를 당기는 바람에
매미는 입을 맞추며 한낮을 이끈다

안팎의 구분도 없이
허공에 새겨지는 강렬한 빛
몸을 맡기고 오후를 돌고 돌아
끼리끼리 그림자로 늘어진다

더위에 걸음걸이 신발에 묻어가고
한낮에 반사되는 햇빛에
경계는 시곗바늘로 활시위를 당긴다

경포호

소풍 나왔다 잃어버린
길 찾는 경포호

파도 주름 두 손에 움켜쥐고
바라보는 수평선 백 리
말없이 어둠으로 잠긴다

호수에 뜬
술잔 같은 달빛
수평선 어깨 한 아름 품고
다독이는 경포호

수산시장 회 센터

밀려온 바다에 발목 잡힌다
대야에 산소호흡기 달려있다

허연 배를 드러낸 광어
아가미로 가쁜 숨 뱉는 놀래미
저주의 눈을 가진 우럭
중병에 걸린 듯 미동도 없다
주인 여자가 꼬챙이로 진단한다

술에 목마른 사람들
눈에 불을 켜고 선택한 광어
바다를 향해 꼬리를 흔든다

머리를 자르고 껍질을 벗기는
도마 위에서 춤을 추는 주방장 손

사람들 철썩철썩 미소가 흐른다

연인과 자전거

연인이 타는 자전거 따라
경포호수가 간다

초대받지 않은 구름이
길 안내하며 앞선다
호수를 건너온 바람
뜬구름 없이 참견한다

흔들리는 페달에 장단을 싣는다
사내의 허리를 잡은
여인의 몸 살랑인다
바퀴는 낮은 포복으로 흥얼거린다

부드럽게 미끄러지는 내리막길에
열리는 오작교
호숫가에 까치 까마귀가 날아오른다

오래된 집

150년 된 기와집 서까래
거미가 촘촘히 잇고 있다
사방은 고조할머니부터
묻어 있는 발자국
흘린 세월이 부엌에 고여있다
아궁이는 가마솥을 품고
소곤소곤 나눈 대화는
길을 내어 굴뚝에 머물러 있다
세상이 눈길 주지 않는 이곳
세월의 쓸쓸함이 무더기로 자라있다

이별

강가로 보내진 빗물
쌓인 눈물 무게만
힘없이 강물에 실려 간다
쿨럭쿨럭 신음소리 토해낸다

촛불

풀벌레 노래하다 멈춘 여름밤
밤 그늘 같은
정적이 제사상을 떠받치고
은촛대의 촛불이
서서히 눈을 뜬다
슬픔을 한 땀 한 땀 삼키는 촛불
눈에서 눈물이 살포시 흐른다

흔들리는 촛불
이 밤에 실려
나에게로 온다

자정이 다가와
눈가에 골이 깊을 때
고인 가시는 길
고이고이 배웅하고
살며시 눈을 감는다

한여름 도로

땀에 젖은 등줄기
몸을 도려낼 듯
칼날을 들이미는 태양
군데군데 살점 화상 입힌다

검은 피 흘린다
아려오는 통증
거친 숨소리
아지랑이 되어 피어오른다

오고 가는 바람
온몸으로 안아주는
한여름 도로는 중환자다

5부

동해, 겨울바다

꼭두서니 그림자가 지워지는
바다를 가르는 방파제
짜디짠 바람기를 덜어낸 바람꽃이 핀다

테트라포드에 다가온 잔물결
물새가 발을 세우고
조업 나간 아버지의 모습이
짜디짠 실루엣으로 실려 온다

해 저문 바다가 뒤척이면
어느덧 산맥은 돌부리처럼 얼어붙고
메마른 지상의 풀들의 잠은 파도에 잠겨
밤은 소리 없이 숙성 중이다

다시, 바다는 운해로 몸살을 앓고
밤새워 밤눈을 밝힌 등대의 외침은
냉동 창고에서 품어 나오는 한기로
서릿발 세워 굴러간다

안쪽의 분위기

카페 창밖에
늦가을 비가 온다
우산 틀 안의 사람들 모습이
시선을 잡는다

창문 새로 들이치는 빗물이
팔을 뻗어 공기를 더듬다
바람과 동행하는 낙엽처럼
조명 속으로 묻힌다

전등불 따라 흔들리는
바닥의 그림자
고개 숙인 여인이 외면한다

바깥쪽에 보이는 것이 싫은 안쪽은
비에 젖어 냄새나는 검은 장막을 친다
안쪽은 다른 분위기를 위하여
휘감고 도는 선율이 구석구석을 메운다

바닷가를 걷는다

붉은 카펫에
잔잔한 파도 타고 온
어둠이 시간에 발목을 잡힌다

천장 문 사이로 내민 달빛 안고
지나간 자국 찾기 위해
무거운 발걸음 멈추고 돌아본다
허공으로 사라진 발자국에
어둠의 파문이 출렁거린다

흘러간 세월에 공중 분해된
묵혀둔 지난날의 기억
모자이크 처리되어
잔잔한 파도에 부서져 내린다

막힘없이 흐르는 고요한 별빛
순간순간 바다 향기에 젖는다

어머니 품속이 그립다

간난이 할아버지

6 · 25 때 가족들 눈에 담고
홀로 월남한 간난이 할아버지
연습도 없이 지나온 긴 이별의 시간

동강 난 세월에 보고 싶은 얼굴
가슴 깊이 박힌 채
빛바랜다
잊히지 않는 기억
어둠에 묻는다

마당에 진을 치는 겨울바람
설 자리마저 잃고
북녘을 바라보는 눈가에
웅어리진 시간의 무게는 얼마나 되는지

구순이 지난 간난이 할아버지
눈에 밟히는 가족들
가슴에 안고
떠날 차비를 한다

화진포호수에서

온종일 겨울비가 호수를 품는다
엄마 품속인 양 드나드는 청둥오리
스무 살 연인이 눈에 담는다

한쪽에는 철 지난 갈대
잡아둘 수 없는 안타까움이
진한 울림 되어 계단을 타고
숲속 마루에 걸친다
울어주는 안개 겹겹이 쌓인다

육십이 넘은 노신사의 오후
세월의 경계에 서서
지난날을 조각조각 곱씹는다
떠나간 사람 그림자로 진다
서서히 호수가 몸으로 들어온다

오늘의 운세

안개가 새벽을 밀어내는 시간에
몸에 기름기를 머금은 채 조간신문이
덩그렇게 대문을 지킨다

그의 손에 이끌려
거실에 펼쳐진 신문에
오늘의 운세 눈을 사로잡는다
서쪽으로 가면 귀인을 만나 횡재할 운세

핏줄을 앞세우고 허세를 부리며
휩쓸고 다닌 꼬부랑길을 간다
길목에서 지나온 발자국을
하나씩 지우며 발걸음을 재촉한다

헤매고 다닌 서쪽
가로등이 눈을 뜰 때
움츠러진 가슴 비가 내린다

오월에

해맑은 햇살
여인의 미소 띤 오월

겨울 찬바람에
떠나간 그대를 불러보며
푸름에 푸름을 더해가는
나뭇가지 사이로
꽃향기 타고 온 바람이
빈 가슴에 밀려오네

아카시아는 식솔들을 거느리고
꿀벌들은 부지런히 꽃밭을 일궈
허공을 가르며 집으로 향하는데

벚꽃이 지고 나면,
떠나간 그대의 빈자리에
낙화의 탄식 소리만 있겠지만,
까맣게 잊었던 장미는
열정으로 피어나네

여인의 품으로
꽃이 피어나길 바라는 오월에

숯불구이

혼을 불어넣은 아궁이
몸을 태워 빚은 분신이
고등어를 위해 내준다
뱉어내는 불만을 감싸 안으며
헝클어진 생각을 추스른다
타오르는 장작의 핏물이 식어가며
골마다 흰 핏줄을 세운다
보잘것없는 몰골 들여다보며
침묵 속 시름에 잠기지만,
따스함으로 오래 남고 싶은
한 마리 그

가을 그림자

낙엽에 깃든 가을 숨소리
밟고 가는 발자국 따라
심장이 요동칠 때
남은 자존심 안고 간다

수척해 가는 길목에
머물던 시간이
여름내 까맣게 그을린 얼굴로
미소 띠고 그림자 감춘다

살짝살짝 흉터만 남는 풍경에
걸어가는 태양의 숨소리
세상과 세상으로 이어지며
고요하게 그림자 드리운다

가을의 그림자가
단풍나무에 지워지는 거리
저녁노을을 띄우고 있다

안목항

일찍이 안목이 높았던 안목항은
사람들을 불러 모아 커피의 거리를 만들었네

커피가 밥이 되고 일상이 되는
안목의 거리는
허름한 함석지붕 아래
인기척이 늘어만 가네

흩어지는 향기를 끌어모은 바람은
연인들의 입술에 풍선으로 부풀어 오르고
뛰는 가슴 드디어 연인의 입에 꽃이 피고
잔파도에 실려 넘실거리네

안목의 거리에
음악과 연인들, 커피 향과
물결에 둥실 떠가네

그늘진 기억

허기진 지갑이 집을 나선다
동짓달 짧은 해 얼굴을 감추고
어둠이 밝히는 거리를 걸어간다

거리의 나른함을 부추기는 가로등
보도블록에 내리고
바람에 흔들리는 길
뿌리를 내리기 위한
밤안개가 덮는다

문 열고 들어선 포장마차
연탄난로는 한잔한 얼굴을 하고
테이블에 놓인 술잔
입술에서 침묵처럼 흐른다
마음으로 켜는 신호등에
희미한 불빛의 꽃잎이 진다

수평선

저기 먼 끝을 하늘이 묶고
긴 밤의 매듭 푼 햇살이
하루를 끌어올리고 있다

쏟아져 내리는 시간을 쫓아
신발 끈을 매는 어선
만선의 꿈 돛이 되어
바다 깊숙이 방향을 튼다

발걸음을 떼고 걷는 발자국마다
깃발처럼 나부끼는 어부의 독백
흘러가는 구름에 실린다

바다는 씨줄에 좌표를 찍고
출렁이는 파도에 올라타
무뎌진 감각을 찾는다

산꼭대기에 그림자 드리우고
지극히 바라보는 배, 한 척

망부석같이 홀로 서 있는 처사
지나가는 바람 타고 흘러간다

저녁이라는 말들

숲속에 걸친 빛들은 물러가고
어둠이 채워지는 산길로
저녁이라는 말들이 길게 드리운다

산모퉁이에 자그마한 집 굴뚝에서
뭉게뭉게 피어오르는 연기는
환했던 낮과 저녁 사이에 태어난 말들,
그 수련한 말들은 허공의 빈 의자를 찾아간다

산 그림자가 지워진 저녁 하늘
풀벌레 울음소리가
오두막에 쉬고 있는
한낮의 말들을 지우고
저녁이라는 말들이 울고 있다

어깨를 다독이는 달빛을 품고
소로小路로 가는 상처 난 영혼들
걷는 발걸음 소리조차 부담스러워
바람길 따라 침묵 속에 간다

아직은 밤이라고 말할 수 없는
물렁물렁한 저녁의 말들이
허공의 빈 의자를 채우고 있다

일상의 서정과 방랑자의 시세계

— 시집 『저녁이라는 말들』을 중심으로

김 영 탁(시인 · 『문학청춘』 주필)

들어가며

김육수의 첫 시집 시편들을 독서하면서 느끼는 건, 단순하고 소박한 심상들이 전개되고 있다는 것이다. 물론 시편들을 관류하고 있는 소박함 외에도 낭만적인 정조와 밤하늘의 별을 사랑하는 방랑자의 발걸음도 들린다. '소박한 것은 위대하다'라는 것을 증명한 시인이 19세기의 프랑스 시인 프랑시스 잠(1868~1938)이다. 그는 시인 윤동주와 백석이 사랑한 시인이다. 프랑시스 잠은 사소한 유정물과 무정물에도 '영혼'을 불어넣고, 그들을 위대하게 웅변했다.

최근에 필자는 몇몇 시인들의 소박한 시들을 만났다. 한마디로 얘기하자면, 공해에 찌든 사람이 오랜만에 무공해의 시편들을 만나면서 몸과 마음이 힐링되는 걸 체

감했다. 한국의 현대시들이 범람하면서 요설과 가식적인 시들이 많이 생산되고 있는데, 이러한 진정성 없는 시편들은 공해나 다름없을 터이다. 물론 시는 정답이 없다고 한다. 좋은 시가 태어나는 건 참으로 어려운 일이다. 시가 어떻게 써졌든 간에, 좋은 시를 기다리며, 미래에 태어날, 두근거리는 시들을 기다리는 심정이라면, 요설과 가식적인 시들도, 그 여정에서 겪을 수밖에 없는, 어쩔 수 없는 일이라고 받아들일 수도 있을 듯하다.

그렇지만 시는 고백이 아닌데도(시를 빙자한 고백도 있지만) 독자들은 무의식적으로 시와 시인을 연결하여, 생각할 수밖에 없는 수용성에 직면한다. 시인이 의도하든 의도하지 않든 간에 시인의 실재계와 상상계는 충돌하고, 융합을 거치면서 언어 밖의, 언어 너머를 지향하는데, 시적 진실을 증명할 방법이 없다. 시는 마치 공중에 던져진 달(月) 같은 존재로서 살아서 움직이며, 독자들의 몫으로 분화되며 천 개의 강물에 뜨는 달처럼 전개된다.
그러므로 실재계는 언어 행위와 언어체계 밖에 머물러 있는 일종의 잔상인데, 그만큼의 영토를 가지고 있다고 볼 수 있다. 김육수의 시편들은 그 잔상의 영토 안에서 단순 소박하게, 일상 속에서 마주치는 다양한 상황과 장면을 통해 서정적인 순간을 포착한다. 이 잔상의 영토 위에, 인간의 삶과 감정을 깊이 있게 건축하며 밀도 있는 언어의 절제를 통하여, 소박함의 위대함을 웅변하고 있다는 것이다. 또한, 그의 낭만적이고 방랑자로서의 시편들은 마치 하나의 작은 드라마처럼, 독자의 눈앞에 선명하게 펼쳐지며, 군더더기 없는 언어와 이미지로 독자에게 잔잔한 여운과 강한 인상을 남긴다.

진경眞境에 들어서다

김육수는 외롭고 쓸쓸한 발걸음을 가진 방랑자이면서, 아무도 없는 혼자만의 아득한 공간에 주목한다. 그 공간에서 대상들의 존재나 추억을 소환하는 노래를 부르면서, 공간은 다시 태어나 작동한다. 그러니까 생명을 가진 그 공간은 진경眞境으로 자리매김하는 것이다. 그 노래들과 진경眞境들은 무정물과 유정물이 상호교감하면서 전통적인 서정시의 태도를 보여준다. 이 부분은 실재계의 잔영 위에 단순하게 재현되는 것이 아니라, 대상의 융합을 통해 재구성됨으로써 언어들은 새생명을 얻어서 살아서 움직이고 있을 터이다. 김육수가 구현하는 뭇 생명들은 전통적인 서정의 심상으로 쓸쓸함과 고독에서, 오히려 시의 감흥을 점층적으로 고조하고야 만다. 이는 공자孔子가 주장했던 "관저의 시는 즐거우면서도 음란하지 않고, 슬프면서도 마음을 상하지는 않는다(關雎 樂而不淫 哀而不傷)"(『논어·팔일八佾』; 『시경』의 「관저關雎」 편에 대해 붙인 논평)라는 말과 연대하고 있다.

숲속에 걸친 빛들은 물러가고
어둠이 채워지는 산길로
저녁이라는 말들이 길게 드리운다

산모퉁이에 자그마한 집 굴뚝에서
뭉게뭉게 피어오르는 연기는
환했던 낮과 저녁 사이에 태어난 말들,
그 수련한 말들은 허공의 빈 의자를 찾아간다

산 그림자가 지워진 저녁 하늘
풀벌레 울음소리가
오두막에 쉬고 있는
한낮의 말들을 지우고
저녁이라는 말들이 울고 있다

어깨를 다독이는 달빛을 품고
소로小路로 가는 상처 난 영혼들
걷는 발걸음 소리조차 부담스러워
바람길 따라 침묵 속에 간다

아직은 밤이라고 말할 수 없는
물렁물렁한 저녁의 말들이
허공의 빈 의자를 채우고 있다

　　　　　　　　　　　－「저녁이라는 말들」 전문

시 「저녁이라는 말들」은 동양시론에서 언급하는 시화 일률詩畵一律을 소환한다. 이 시를 보면, 저녁의 정취와 심상을 노래하고 있는데, 시는 소리 있는 그림이 되고 그림은 소리 없는 시가 되는 걸 경험한다.

"숲속에 걸친 빛들은 물러가고"라는 평이한 진술을 통해 해가 저물며 어둠이 깔리는 순간을 자연스럽게 그린다. 이때 "저녁이라는 말들이 길게 드리운다"라는 표현은 저녁이라는 실체의 기의를 넘어서, '저녁이라는 말' 자체의 기표를 만나면서, 길게 드리운다는 말이, 그러한 말들이 저녁의 감정과 분위기를 연출한다. 시각적인 형상화를 통해, 하루의 끝자락에서 느껴지는 감정의 길이를 강조하고 있다는 것이다.

두 번째 연에서는 산모퉁이에 있는 작은 집의 모습을 묘사하는데, 굴뚝에서 피어오르는 연기는 '저녁이라는 말들'에 관한 화답의 형태를 띠고 있다. 즉, 낮과 저녁 사이의 과도기적 순간을 상징하지만, "환했던 낮과 저녁 사이에 태어난 말들"은 기의와 기표의 간극에서 발현하는, 저녁이라는 말들의 감정과 심상을 드러내는 장치이다. 그리하여 정제된 언어들의 수련한 말들이 "허공의 빈 의자를 찾아간다"라는 진술은 낮이라는 현실적인 공간에서 저녁이라는 환상성으로 이동하면서, 완전한 저녁으로의 자리를 잡는 태도이다.

현실에서 벗어나 환상의 공간으로 진입한 말들은 어디

론가 사라질 듯한, 불안감을 빈 의자를 찾아가는 행위로 말미암아 허공에서 충분히 머물 수 있다는 걸 암시한다. 그러므로 정제된 수련한 말들은 초월적 존재로서, 저녁 이 주는 시간들의 고요함과 무의미의 의미를 찾아가는 탈속적인 면모를 보여준다.

세 번째 연에서는 저녁 하늘과 자연의 소리가 어울리며, 인간이 활동하는 낮이라는 개념을 희석시킨다. "산 그림자가 지워진 저녁 하늘"은 새롭게 태어나는 저녁 하늘을 산 그림자를 대체하여 저녁을 그리고 있을 것이다. "풀벌레 울음소리"는 인간의 소리를 지우고 저녁다운 자연의 소리를 강조하고 있다. 그러므로 이 소리는 오두막에 잔류하고 있는 "한낮의 말들을 지"움으로써, 인간은 저녁에 휴식을 취하고 잠을 잘 수 있을 터이다. 인간이 잠자고 자연의 소리만 존재하는 저녁에 "저녁의 말들이 울고 있"는 풍경은 시적인 중의와 재미를 더한다. 한편 저녁을 표상하는 말들이 울고 있다,라는 건 일견 고요함과 쓸쓸함을 배경으로 깔고 있지만, '저녁이라는 말들이 운다'라고 할 때, 말들(馬)이 우는 모습과 울음 섞인 말들 (言語)이 비처럼 내리는 장면을 연출한다.

한편으로는 저녁이라는 말들이 밤을 향하여 달리는 말처럼 고요한 역동성을 표방하기도 한다. 그러니까, 저녁을 관통하여 깊고 깊은 밤의 정점을 향한 덧없는 시간들의 흐름이, 저녁이라는 말들이, 언어의 기표로서 거부할

수 없는 시간의 무차별한 흐름을, 저녁 하늘과 오두막이
라는 공간에서 유감없이 보여주고 있다는 뜻이다.

네 번째 연은 저녁의 달빛으로 위로받은 화자는 다시,
상처 난 영혼들에게 은근하게 위로함으로써, 자기 겸손
과 위로의 선순환이 작동하고 있다. "어깨를 다독이는
달빛을 품고"라는 진술에서는 화자와 상처 난 영혼들이
동일시되지만, 일차적으로 달빛이 영혼들을 위로하듯
감싸는 모습을 드러낸다. "소로小路로 가는 상처 난 영혼
들"은 다사다난한 현실의 삶에서 벗어나 저녁을 맞이하
여, 작은 길을 따라가는 상처 입은 사람들을 묘사하고
있다. 그들이 안식처를 향하여 가는 여정에 화자는 "걷
는 발걸음 소리조차 부담스러워"하며 타자에 대한 배려
를 하고 있다. 이어서 "바람길 따라 침묵 속에 간다"라는
진술로 미루어 볼 때, 상처 난 영혼들과 화자는 소로를
행진하는 그 대열 속에 함께하고 있다는 걸 알 수 있다.
침묵 속에서 낮 동안 뜨거웠던 일상의 소용돌이가 정제
되면서, 조용히 길을 따라가며, 고요한 밤의 사원으로
귀환할 채비를 한다.

마지막 연에서는 화자는 저녁으로 귀환을 앞두면서 중
간계에 머물고 있다. "아직은 밤이라고 말할 수 없"다고
진술하는 걸 보면, 저녁이지만 아직 완전한 밤이 아닌
과도기적인 상태를 드러내고 있다. "물렁물렁한 저녁의

말들"은 저녁의 부드럽고 애매한 감정을 상징하는데, "허공의 빈 의자를 채우고 있다"라는 진술에서 확연하게 오는 건 황홀감이다. 화자는 이 애매하고 물렁물렁한 심상으로 고요한 밤의 사원으로 귀환을 미루면서, 저녁의 말들이 허공의 빈 의자를 찾아가는 진경을 목도하는 황홀경에 몰입하고 있는 것이다. 이때 저녁의 말들은 탈속한 휘발성을 획득하며, 아주 가벼운 상승의 기운으로 자유롭게 비상하는 시인의 시어일 수도 있고, 미지의 태어나지 않은 그 무엇, 그러니까 언어 넘어 언어의 지위를 얻으면서 황홀경에 도달한다.

시 「저녁이라는 말들」은 저녁이라는 시간대를 공간성(굴뚝, 오두막, 빈 의자)과 상호교환하면서, 허공이라는 또 다른 공간을 창출한다. 그 공간들은 자연의 변화와 화자의 심상을 통하여, 언어의 황홀경에 도달하는 여정을 그리고 있다. 낮 동안의 생산된 익명의 말들을 정제하는 과정을 감성적으로 섬세하게 묘사함으로써, 저녁으로 자연스럽게 진입한다.

김육수는 저녁이 주는 고요함과 쓸쓸함, 그리고 하루의 끝자락에서 느껴지는 심상들을 시각적, 청각적 이미지를 통해 새로운 공간을 건축한다. 허공에 떠 있는 셀 수 없는 빈 의자들의 미지의 언어들을 목도하며, 황홀경에 도달하는 진경을 도출한다.

궁극엔 화자가 도달할 종착점은 밤의 사원일 것이다.

이 사원은 죽음과도 유사한 가사상태假死狀態라고 볼 수도 있겠다. 가사라는 자연섭리의 죽음을 통해서 다시 아침을 맞이하여, 되살아나는 게 인간의 삶일 터이다. 인간이라면 거부할 수 없는 순리일 터이지만, 화자는 중간계에 머물면서 유보적인 상태에서 진경을 그리고 있다는 것이다. 그리하여 삶이 쓸쓸하고 외로울지라도, 저녁의 말들은 허공의 빈 의자를 채우며, 황홀한 진경을 연출하고 있다.

　　　빨랫줄 이불이 바람 쫓다
　　　힘에 겨워 멈춘다
　　　한편에 꼬마 녀석들이 물장난한 고무대야
　　　햇볕이 넘치고 미소를 띤다

　　　대청마루 밑 고양이
　　　들어오는 바람 안고 침묵을 청한다
　　　나무가 소리를 당기는 바람에
　　　매미는 입을 맞추며 한낮을 이끈다

　　　안팎의 구분도 없이
　　　허공에 새겨지는 강렬한 빛
　　　몸을 맡기고 오후를 돌고 돌아
　　　끼리끼리 그림자로 늘어진다

　　　더위에 걸음걸이 신발에 묻어가고

한낮에 반사되는 햇빛에
　　경계는 시곗바늘로 활시위를 당긴다

－「경계」 전문

　「경계」는 일상의 경계선과 그 속에서의 소소한 순간들을 잘 담아내고 있다. 무정물의 자연과 인간 삶의 한 순간을 깊이 담아내고 있다. "빨랫줄 이불이 바람 쫓다/ 힘에 겨워 멈춘다"라는 진술을 보면, 바람이 이불을 쫓는 게 아니라, 이불이 바람을 쫓는 형국이다. 보이지 않는 바람의 역동성을 이불의 움직임으로 짐작할 수 있을 것이다. 그렇지만 바람과 이불의 주객전도라는 바뀜 현상으로, 바람에 일렁이는 이불이 멈춰 선 모습을 통해 힘의 교착과 인간의 무력함을 보여준다. 반면에 뒤이어 등장하는 꼬마 녀석들과 고양이는 자연의 조용한 아름다움을 상징한다. 이들은 햇볕 아래에서 놀며 자신의 존재를 즐기고 있다.

　두 번째 연의 "나무가 바람 당기는 소리에/ 매미는 입을 맞추며 한낮을 이끈다"는 진술과 첫 번째 연의 "빨랫줄 이불이 바람 쫓다/ 힘에 겨워 멈춘다"는 서로 대응하면서 길항하고 있다. 그러니까 '멈춤'에서 '맞춤'과 '이끎'으로 전이된다. 이러한 조화로움은 '무력함'에서 '이끈다'로 견인하면서, 어쩌면 나른한 한낮의 풍경을 역동적으로 전개하고 있다는 것이다. 대청마루 아래의 고양이가 들어오는 바람을 끌어안으며, 침묵을 청함으로써, 나무가 바람을 부르는 소리에 다시, 생명운동이 시작되고 있다. 드디어 나무는 흔들리고, 매미는 흔들림과 바람소리에 나무와 입을 맞출 수밖에 없을 터이다. 이 순간이 한낮의 절정이고, 무형점無形點을 찍으며, 순식간에 진공 상태가 된다. 그리고 절정의 울음소리는 벌써 가을을 예감케 한다. 대청마루 아래로부터 나무가 서 있는 허공까지 공간 이동과 동시에 매미의 울음소리는, 흐르는 시간들을 단번에 한 폭의 풍경화로 만들어 내고 있다는 것이다.

"안팎의 구분도 없이"라는 구절은 유정물과 무정물, 안과 밖의 경계가 모호해지면서 혼란과 소통을 동반한다. "허공에 새겨지는 강렬한 빛"은 아무것도 없는 아무것도 아닌 듯한 곳에서 점을 찍는 무형점無形點이라 할 수 있다. 즉, 무정물의 '강렬한 빛'이 공간을 가득 채우고 있는데, 화자는 그 '강렬한 빛'과 어우러져 동일화를 이루고 있다. 그러므로 '강렬한 빛'의 존재는 화자가 빛과 함께함으로써 빛의 존재를 대변할 수 있을 것이다.

그러나 허공에 가득한 '강렬한 빛'의 존재를 입체적으로 증명하는 건 "몸을 맡기고 오후를 돌고 돌아/ 끼리끼리 그림자로 늘어진다"라는 '그림자'의 존재로 성립이 된다. 여기서 유정물과 무정물은 서로 끼리끼리 어울리면서 그림자로 확산한다. 빛과 그림자는 서로가 거울을 보듯이 서로의 존재를 얻어가면서, 조화롭고 화평한 공존을 꾀한다.

마지막 연은 첫째 연과 자연스럽게 수미상관을 이루고 있는데, 이쯤에서 화자는 "더위에 걸음걸이 신발에 묻어"간다고 한다. 비록 앞에서 매미 울음소리로 가을을 예감했지만, 한여름의 무더운 더위가 '강렬한 빛'의 실체로 신발에도 묻어나고 있는 것이다. 다시 화자는 "한낮에 반사되는 햇빛에/ 경계는 시곗바늘로 활시위를 당긴다"고 진술한다. 자연의 햇빛과 더위로 무력한 인간의 존재를 드러내지만, 경계가 시곗바늘의 활시위를 당기는 행위로 다시, 경계는 경계 이전으로 다시 돌아갈 채비를 할 수 있다. 그것은 '강렬한 빛'의 공간에서 화자와 함께하는 거울의 시간일 터이다.

쓸쓸하지만 별밤을 걷는 낭만적인 방랑자의 시편들

김육수의 등단소감을 호명해 본다. "바닷가 근처에 소년이 살았습니다. 글쓰기를 무척 좋아했으나 그 꿈을 이룰 수 없었습니다. 돌고 돌아 나이 육십 넘어 글을 쓰기 시작했습니다. 생각만큼 잘 써지지 않아 밤을 지새운 적도 있습니다. 너무 좋아했기에 포기할 수 없었습니다.

한 해를 마무리하는 끝자락에서 당선 소식을 접하게 되어 큰 기쁨을 얻었습니다." 그는 2023년 『문학청춘』 겨울호에 늦깎이로 등단했다. 마침 그날 '문학청춘창간15주년' 행사에 참여하기 위하여 일본에서 건너온, 세계적인 시인 다카하시 무쓰오(高橋睦郎)의 자연스러운 축하를 받았다. "시인을 위해 시가 있는 것이 아니라 시를 위해 시인이 있습니다. 그 나머지는 시가 생각해 주겠지요. 시는 아무것도 알 수 없는 저 너머에 있고, 아무것도 예측할 수 없을 때 돌연 찾아옵니다. 만약 시인이 해야 할 일이라면, 언제 무엇이 찾아오든 그것을 맞이할 수 있도록 항상 자신을 단련해야 합니다. 탐욕스럽게 시 소재를 찾아다니는 행위는 시인으로써 부끄러운 일이라고 생각합니다(다카하시 무쓰오(高橋睦郎), 「시인의 말」, 『남자의 해부학』, 황금알, 2023.)."

그는 천성적으로 글을 좋아하는 소년이었지만, 여러 가지 형편상 삶의 현장이 우선이었을 것이다. 결국 돌고 돌아 시세계로 왔다. 현시점으로 보면 개별적인 생각이나, 대다수 한국인들의 생물학적인 나이는 현재 나이에서 20년을 낮추어도 좋을 듯하다. 그만큼 건강하고 왕성한 에너지를 품고 대다수 사람들은 열심히 살고 있다는 생각이 든다. 1937년생인 다카하시 무쓰오는 지금까지 왕성한 활동을 하는 일본의 현역 시인이면서, 일본예술원 회원으로서 외국에서도 많은 초대를 받고 있다. 필자가 김육수의 시집 발문을 쓰면서 다카하시 무쓰오를 지면에 초대한 것은 김육수뿐만 아니라, 우리가 모두 살아가야 할 남은 시인들이 다카하시 무쓰오 시인의 여정을 되새겨 볼 만하기 때문이다.

꼭두서니 그림자가 지워지는
바다를 가르는 방파제
짜디짠 바람기를 덜어낸 바람꽃이 핀다

테트라포드에 다가온 잔물결
물새가 발을 세우고
조업 나간 아버지의 모습이
짜디짠 실루엣으로 실려 온다

해 저문 바다가 뒤척이면
어느덧 산맥은 돌부리처럼 얼어붙고
메마른 지상의 풀들의 잠은 파도에 잠겨
밤은 소리 없이 숙성 중이다

다시, 바다는 운해로 몸살을 앓고
밤새워 밤눈을 밝힌 등대의 외침은
냉동 창고에서 품어 나오는 한기로
서릿발 세워 굴러간다

ㅡ「동해, 겨울바다」

「동해, 겨울바다」는 김육수의 등단작이다. 심사위원이었던 필자와 이병헌 교수는 이 시를 다음과 같이 평했다. "김육수의 시는 어둠 속의 과거사를 벗어나 나아갈 새로운 방향을 모색하고 있는 것으로 보인다. 그의 시의 화자는 과거와 어둠에 함몰되지 않고, 있는 그대로의 자연과 현실을 대하는 담백한 시선을 유지하고 있다. 그에게 있어서 자아 성찰은 어둠과 추위 혹은 격정과 후회로부터 벗어나 온기가 있는 새로운 길로 나아가는 과정이라 할 수 있다. 많은 이야기가 그 속에 담겨있어 우리는 시인의 담담한 독백을 통해 그 여정에 동참하게 된다. −중략 − (「동해, 겨울바다」는) 또한 '바람꽃'이 피는, 해가 저물어 춥고 어두운 시간의 단상을 보여주고 있다. 밤새 길을 인도하는 등대의 불빛을 서릿발 세워 굴러가는 외침으로 묘사함으로써, 그의 길 찾기가 얼마나 신산한 과정을 겪게 될 것인가를 암시하고 있다(『문학청춘』 겨울호, 2023.)."라고.

다시 여기서 주목할 만한 것은 "다시, 바다는 운해로 몸살을 앓고/ 밤새워 밤눈을 밝힌 등대의 외침은/ 냉동창고에서 품어 나오는 한기로/ 서릿발 세워 굴러간다"라는 진술을 볼 때, 화자의 태도는 세상은 고통의 바다라는 걸 각성하고, 용맹정진 밤눈을 밝힌 등대의 화두를 들었을 것이다. 그리고 서릿발 같은 한기가 감싸는 운명의 수레바퀴를 기꺼이 받아들이고 승차하는 적극적인 자세일 것이다.

> 숨 가쁜 낙엽이
> 길 위에 누워
> 지나가는 바람에게 묻는다

> 갈 길이 어디인지

> 운무가 자욱한 거리는
> 어둠을 몰고 올 겨울날의 발걸음,

> 발걸음을 옮겨야 하는데
> 싸늘한 밤공기에 몸을 내주고
> 먼 하늘 별들의 눈이 북극성을 홀린다

> —「길을 묻는다」 전문

「길을 묻는다」는 인생의 여정을 탐색하는 시조의 형태를 은연중 내포한 간결한 시이다. "숨 가쁜 낙엽이/ 길 위에 누워/ 지나가는 바람에게 묻는다"라는 진술을 보면, 인생의 여정에서 방향을 잃고 방황하는 모습을 상징적으로 표현하고 있다. "싸늘한 밤공기에 몸을 내주고 먼 하늘 별들의 눈이 북극성을 홀린다"라는 진술은 인생의 불확실성과 그 속에서의 희망을 찾으려는 화자의 노력을 잘 보여주고 있다. 이 시는 인생의 길을 찾아가는 여정 속에서 느끼는 혼란과 희망이 길항하지만, '길을 묻는다'라는 적극적인 자세로 볼 때, 상당한 희망을 내포하고 있을 것이다.

이 시 역시 김육수의 등단작이다. 그 당시의 심사평은 「길을 묻는다」에서는 의인화된 낙엽이 바람에게 갈 길을 묻고 있다. 숨 가쁜 일생을 보내온 낙엽은 싸늘한 겨울 안개와 어둠 속에서 발걸음을 옮기고자 하지만 방향을 잡을 수가 없다. 독백처럼 내뱉는 담담한 어투가 오히려 그가 처한 역경을 부각시키고 있다.

― 심사평(김영탁, 이병헌)

그 밖에도 방랑자의 시편들이 낮밤을 가리지 않고 수繡 놓고 있다. 떠나는 것에 대한 삶의 불안과 불확실성을 현실적인 "배고픔이 싫어 식구들이 잠든 새벽/ 막다른 골목에서 탈출하는 것처럼/ 서둘러 첫차를 타고 떠"(「서울행」)나는, 이 시는 지난날 배고팠던 시절을 리얼하게 육화하였다. 간이포차를 배경으로 일상의 소소한 굴곡의 과정들을 화자의 심상에 투영하면서, 이정표 없는 길을 걷는 방랑자의 언어들은 "눈 밖에서 떠도는/ 별들이 배달되는 시간/ 꺾이는 날개에 하루가/ 이정표 없는 길을"(「간이포차」) 향하여 간다.

햇살을 포옹하며 묻힌 채로 있던 자신이, 어둠의 단추를 풀고 다시 삶을 찾아가는 시간들을 예고하는 시. 죽음과 부활, 그리고 자아를 찾아서 "햇살을 포옹하며 묻

혀 있다가/ 어둠의 단추를 풀고 다시,/ 다가올 나를 찾
아가는 시간들"(「나를 찾아서」)을 발견하는 여정을 그
렸다. 이는 자아를 발견하고 새로운 삶을 찾아가는 방랑
자의 새로운 모습이다. 이는 죽음과 부활, 자아의 발견
에 대한 내적 탐색을 다루고 있다. 삶과 죽음, 어둠과 빛
사이에서의 작동과 변주를 뛰어나게 그렸다.

화물차는 길을 따라 나아가면서 흥이 돋고, 벚꽃 잎이
몸을 비비는 아름다운 장면이 전개된다. "길을 따라갈수
록/ 흥이 돋는 화물차/ 길의 영접을 받고/ 벚꽃 잎이 몸
을 비"(「햇살 비치다」)비며, 어둠 속에서도 희망과 새로운
시작에 대한 방랑자의 의지가 돋보인다.

시 「방랑자」는 자유와 불안, 그리고 삶의 무한한 탐험
을 묘사한다. "새들이 날아간 세상에/ 떠도는 구름과 나
란히/ 이정표 없는 길을"(「방랑자」) 가는 방랑자는 종점이
없는 길을 새들이 날아간 세상과, 나란히 떠도는 구름과
함께 이정표 없는 길을 걸어간다. 방랑자는 그물에 걸리
지 않은 바람과 함께 벗며, 미지를 향하여 떠나는 것이
이다.

나가며

김육수의 첫 시집 『저녁이라는 말들』을 어느 규격에 넣

을 수는 없을 것이다. 다양한 시편들이 전개되면서, 공통적인 건 단순소박미와 낭만적인 방랑자의 면모를 향유하고 있다는 점이다. 앞에서도 강조했지만, 이러한 소박한 심상들은 낭만적인 정조와 밤하늘의 별을 사랑하는 방랑자의 여정이 쓸쓸하지만, 자신을 찾아가는 시인의 길일 것을 믿어 의심치 않을 것이다. 이러한 아름다운 탐험은 소소하게 펼쳐지는 부분도 있으나 '소박한 것은 위대하다'라는 것을 증명한 시인 프랑시스 잠을 생각하면 미소가 나온다.

다만, 김육수의 첫 번째 시집으로서 자전적인 요소도 산재되어 있지만, 그의 시세계가 공간적으로 골목이나 거리, 선술집 등에서 자유롭게 나와서 더욱더 확장되길 바란다. 이러한 공간이 새롭게 태어나 자유롭게 비상하길 바라는 건, 그의 방랑자의 기질은 이미 내재적으로 준비되어 있으므로, 다른 차원의 상상력으로 작동하길 바랄 뿐이다.

김육수는 외롭고 쓸쓸한 발걸음의 방랑자로서 혼자만의 아득한 공간에 주목한다. 그 공간에서 대상들을 호출함으로써 그가 부르는 노래와 함께, 공간은 다른 차원으로 이동한다. 그리하여 노래는 진경眞境에 도달하여 무정물과 유정물이 상호교감하면서 전통적인 서정시의 태도를 보여주고 있다. 김육수의 슬프면서도 마음을 상하지는 않는 중용적인 시적 태도를 견인함으로써, 서정의 심상으로 쓸쓸함과 고독에서, 오히려 시의 감흥은 점층적으로 고조된다. 더 많은 시편들을 얘기하고 싶지만, 나머지는 독자들의 몫으로 남겨두는 게 마땅하다. 일취월장日就月將할 김육수의 시를 생각하며, 또 다른 방랑자로 만날 그를 생각하며, 다음 시집을 기대할 수밖에 없을 것이다.

황금알 시인선